Kachiru Ishizue

EIN UNMORALISCHES HAUS

Rosen Blood

Charaktere

Stella

Die Heldin der Geschichte
lebt und arbeitet neuerdings
im Anwesen von Levi,
Gilbert, Yoel und Fiedrich.
Sie hat keine Familie und ist
in Levi verliebt.

Levi

Rettet die zusammen-
gebrochene Stella und
kümmert sich um sie. Er
ist cool und ein bisschen
gemein - und kein Mensch.

Fiedrich

Er sieht sehr gut aus,
hat ein Auge auf Stella
geworfen und bezirzt sie
mit süßen Worten. Man
sieht ihm oft nicht an, was
er wirklich denkt.

Yoel

Er hat die Schönheit einer
Puppe und liebt Stellas
Duft. Hat sich Gilbert
gefügig gemacht.

Gilbert

Durch Stellas Berührung
wird er zu einer Art
Monster und greift sie an.
Zunächst wird er isoliert,
doch dann verschwindet er
spurlos.

Story

Stella erhält eine Anstellung in einem Anwesen, das von den unheimlichen und gleichzeitig wunderschönen jungen Männern Levi, Fiedrich, Yoel und Gilbert bewohnt wird. Sie sind nicht-menschlicher Natur und benötigen aus Menschen gemachte Kristalle als Nahrung. Stella wagt es, ihnen ihr eigenes Blut als Nahrung anzubieten…

Die Anziehung zwischen Stella und Levi wird immer stärker, bis Levi eines Tages erfährt, dass Fiedrich Stella mit seinem Charme gefesselt hat. Er lässt seiner Verärgerung freien Lauf und trifft Stella damit hart. Werden sie sich wieder annähern können…?

MEINE...

... STELLA!

▲ GILBERT HAT ES AUF STELLA ABGESEHEN. SIE SCHWEBT IN HÖCHSTER GEFAHR...!

INHALT

BLINZEL

...

DAS WEINEN HAT MICH SO ER-SCHÖPFT...

... DASS ICH EINGE-SCHLAFEN BIN.

M M H

SCHON MORGEN...?

W...

WAS...?

FWAH

i'm here
for you
IST DAS... ETWA MIT BLUT GESCHRIE-BEN...?
SCHAUDER
FIEDRICH...?
YOEL...?
LEVI...?
NEIN...
SIE WÜRDEN NIE SO ETWAS BIZARRES TUN.
BDUM
BDUM
BDUM
DOCH...
... NICHT...

VON FIEDRICH HALTE ICH MICH LIEBER FERN.

AN WEN SOLL ICH MICH DAMIT WENDEN?

BLINZEL

BLINZEL

UND YOEL HAT OHNEHIN SCHON ÄRGER MIT GILBERT.

LEVI...

OB LEVI WOHL...

...GERADE AN MICH DENKT?

ZINGG

ES GEHT DOCH NICHT DARUM, OB JEMAND ZUSIEHT ODER NICHT!

KNABBER

GENIESST DU ES DENN NICHT, BEOBACHTET ZU WERDEN?

SCHADE.

VERSTEHE.

ER SCHENKT IHNEN SEIN HÜBSCHES LÄCHELN.

MANCHMAL AUF DER STRASSE...

... MANCHMAL IN EINER BAR MIT ANGENEHMER ATMOSPHÄRE.

FÜR DICH SIND KÜSSE ALSO ETWAS BESONDERES, STELLA.

ABER WIE IST DAS FÜR LEVI...?

WEISST DU, WIE ER DIE JUNGEN MÄDCHEN DAZU BRINGT, KRISTALLISIERT ZU WERDEN?

10

ES IST WICHTIG, SICH AN DAS ZU ERINNERN, WAS DEN MÄDCHEN ANGETAN WURDE.

ABER ER HAT DOCH SOWIESO SCHON EIN SCHLECHTES GEWISSEN!

ALSO HÖR AUF, IHM DAS ALLES NOCH SCHWERER ZU MACHEN!

...

FIEDRICH, WAR DAS EBEN AB-SICHT?

TAPP

GLAUBST DU WIRKLICH, DASS ER SICH ÄNDERN KANN?

JA!

ER IST NICHT MEHR DERSEL-BE WIE DAMALS.

BITTE ZERRE IHN NICHT WIEDER IN DIE DUNKEL-HEIT ZURÜCK, WENN ER DOCH VERSUCHT, SICH ZU ÄNDERN!

SCHIEB

SCHIEB

ICH HAB NICHT GE- SAGT, DASS ICH SIE HASSE!

WIRKLICH ULKIG...

... DASS DU SIE HASST, NUR WEIL IHRE GEFÜHLE NICHT ECHT SIND.

YOEL!

AB IN DIE STADT MIT DIR! KAUF WAS, WORÜBER STELLA SICH FREUT!

WAS BIST DU FÜR EIN UMSTÄNDLI- CHER KERL!

WENN ICH WENIGS- TENS...

Na los! Mach schon!

ICH BLEIB SOLANG IN IHRER NÄHE.

... DIR VER- TRAUEN KÖNNTE...

TRAPP

TRAPP

TRAPP

TRAPP

TRAPP

ICH SPÜRE
FIEDRICHS
KUSS IMMER
NOCH...!

HM...?

TRAPP

IST DA...

TRAPP

TRAPP

... JEMAND HINTER MIR?

TRAPP

NEIN, ER HÄTTE MICH DOCH LÄNGST GERUFEN...

TRAPP

TRAPP

WILL LEVI SICH BEI MIR ENT-SCHULDIGEN?

TRAPP

... BIN DOCH VORHIN...

TRAPP

TRAPP

TRAPP

... AN GILBERTS ZIMMER VORBEIGE-KOMMEN...?

ICH...

!

NUR NICHT IN PANIK VERFAL-LEN!

ICH MUSS BEREIT SEIN MICH ZU VERTEI-DIGEN!

MICH AUSWEI-NEN...?

ICH BIN JA BEI DIR!

DARF ICH WIRK-LICH...?

ICH DARF GANZ ICH SELBST SEIN, OHNE MIT ANDE-REN...

... MIT-HALTEN ZU MÜS-SEN?

...

DICH BEI UNS ZU HABEN MACHT JEDEN TAG ZU ETWAS BESONDEREM.

ICH HOFFE NUR, WIR VER-UNSICHERN DICH NICHT ALLZU SEHR.

WENN DU WILLST, BIN ICH IMMER GERN FÜR DICH DA!

NACH ALL DEN TRÄNEN GEHT ES MIR BES-SER!

WIE SCHÖN!

...

WAS IST?

DANKE! DAS HILFT MIR WIRK-LICH SEHR.

Alles wieder gut!

ICH...

... HAB DIR GEHOLFEN?

VERGISS NICHT, DASS ICH ÄLTER BIN ALS DU, STELLA!

...

!

KNARZ

BIST DU ETWA BEI SINNEN...?!
WAS ICH AUCH SAGE...
... DU HÄLTST MICH JA DOCH FÜR VERRÜCKT.
ICH WILL DICH WARNEN.
VERTRAU YOEL NICHT DEIN HERZ AN!
WAS...?

SCHMERZT DEINE VERLETZUNG NOCH?

A...ALLES IN ORDNUNG?

?

MMH

NEIN. DIE IST VERHEILT.

SIE IST SCHON ECHT EIN LECKERBISSEN.

AH

ER IST WIRKLICH BEI KLAREM BEWUSSTSEIN...!

HAH

HAH

WHAP

ICH WERDE DICH WIEDER BESUCHEN.

IN DEINER GEGENWART KANN ICH NICHT BEI VERSTAND BLEIBEN.

SCHRECK

WAS HAT DAS ZU BEDEU- TEN?

GILBERT WIRKTE AUF- RICHTIG...

WARUM SOLL ICH...

...

... YOEL MEIN HERZ NICHT ANVER- TRAU- EN?

Kapitel 11 - Ende

Kapitel
12

KAUM ZU GLAUBEN...

... DASS ICH JEMANDEM WIE EUCH AM HELLLICHTEN TAG BEGEGNE, MEINE DAME.

SIE IST NICHT AN ALKOHOL GEWÖHNT.

DIE GLÄNZENDEN AUGEN, DIE GERÖTETEN WANGEN...

IHR AUSSEHEN IST PERFEKT.

SIE WIRKT ÄUSSERLICH GLÜCKLICH, DOCH INSGEHEIM FEHLT IHR ETWAS.

GENAU DER RICHTIGE TYP FRAU FÜR DIE KRISTALLISIERUNG.

IHR WIRKTET EIN WENIG GELANGWEILT.

SIE ERWARTET SICH EIN VERGNÜGLICHES ABENTEUER.

SIE NIMMT DEN BLICK NICHT MEHR VON MIR.

SEID IHR DAS ERSTE MAL IN EINER SOLCHEN LOKALITÄT?

... EUCH EINFACH SITZENZULASSEN.

UNVERZEIHLICH VON DIESEM KERL...

...

DAS BEU-
TETIER
IST GE-
FALLEN...

... UND
WARTET
AUF DEN
REISS-
ZAHN.

DIES IST
DIE JAGD.

...

MEIN HERZ
GERÄT
NICHT IN
AUFRUHR.

ALLEIN
SCHON WENN
MEINE LIPPEN
IHRE WANGE
BERÜHREN...

... GERATE ICH
BEI STELLA
VIEL MEHR IN
WALLUNG.

VERZEIH.
DANKE!

ICH
WILL SIE
SEHEN...!

TRAPP

TRAPP

TRAPP

EIN
ZITTERN
AUS DEN
TIEFEN
DES
KÖR-
PERS.

ALS
WÜRDE
JEDE
FASER
DAVON
ERGRIF-
FEN...!

DURCH
STEL-
LA HAT
SICH...

... DIE
BEDEU-
TUNG VON
KÜSSEN
FÜR MICH
VERÄN-
DERT.

...

ICH KAUFE BROT FÜR SIE.

VER-DAMMT!

ICH HATTE KEINE AHNUNG, DASS ICH SO REAGIEREN KÖNNTE...!

?

WAS HAB ICH IHR NUR ANGETAN?

EIFER-SUCHT.

DAS WAR PURE EIFER-SUCHT!

GREGORY

STEL...

WÄRE SIE NICHT BEI UNS...

... HÄTTE SIE EIN EBENSO NORMALES LEBEN FÜH-REN KÖNNEN.

MAMA, KAUF MIR BROT!

STELLA...

HAT ER SIE EBEN STELLA GENANNT?

VERZEI-HUNG, DAS WAR EINE VERWECHS-LUNG...!

DAS KANN SIE NICHT SEIN...!

STEL-LA?!

MÖGLICHER-WEISE...

IST DER MANN...

... ETWA EIN BEKANNTER VON IHR?

KLACK

WAS SOLL'S. VERGAN-GEN IST VERGAN-GEN.

ES SPIELT KEINE ROLLE...

KVRCK

KVRCK

... KENNT ER SIE, WIE ICH SIE NICHT KENNE?

VIEL-LEICHT BESSER ALS ICH?

KANN
ICH IHNEN
HELFEN?

ABER
DEN-
NOCH...

... WILL
ICH ES
WISSEN!

...

DAS
HEISST
...

... SIE IST
SPURLOS
VER-
SCHWUN-
DEN.

STELLA
SOLLTE
EIGENTLICH
IN EINEM
BESTIMMTEN
ANWESEN
UNTERKOM-
MEN...

... ABER
DORT IST
SIE NICHT
ANZU-
TREFFEN.

...

IN WEL-
CHEM VER-
HÄLTNIS
STEHEN SIE
DENN ZU
IHR?

ANGEBLICH
SEI SIE
DORT NIE
ANGEKOM-
MEN.

SIE WAR MEINE VERLOBTE.

ICH HABE SIE GELIEBT!

WIR...

... WOLLTEN HEIRATEN.

VERLOBTE...?

EIN NORMA-LES LEBEN MIT EINEM MENSCHEN-MANN...

... HABE ICH IHR GESTOH-LEN...

ICH HABE IHR ALL DAS GE-NOMMEN?

STELLA GEHÖR-TE...

... ZU IHM?

ER KANN SIE GLÜCK-LICH MA-CHEN...

ER WAR ES, DER IHRE HAND HIELT...

... IHR LÄCHELN EMP-FING...

... WIE ICH ES NIEMALS VERMAG.

NICHT ICH!

... IHR ALLES ZU FÜSSEN LEGEN WOLLTE.

ABER SELBST WENN...

...

WO SIE SICH AUFHALTEN KÖNNTE.

VIEL-LEICHT...

... WISSEN SIE JA ETWAS?

NUN...

HM?

HEY!

WAS DENN, LEVI?

MH?

DU BIST WIEDER ZURÜCK?

EIGENTLICH DACHTE ICH, DAS HÄS-CHEN WÜRDE MICH WECKEN KOMMEN.

NOCH DAZU MIT EINEM SOLCHEN GESICHTS-AUSDRUCK...

WHOP

AHA.

ICH HATTE EINE UNAN-GENEHME BEGEG-NUNG!

DANKE FÜR DIE INFO.

46

ICH WILL IN STELLAS INNERES SEHEN.

DANN NEHM ICH EIN MES- SER!

NIE- MALS!

ICH LASS MICH DOCH NICHT VON 'NEM KERL BEISSEN!

DAS TUT DOCH WEH!!

Was laberst du?!

ALSO GIB MIR DEIN BLUT!

ICH WILL MIT DEINEM BLUT IN IHR HERZ GE- LANGEN...

... SO WIE SIE IN MEINEM WAR.

?

WAS WILLST DU ÜBERHAUPT SEHEN?

...

... WENN SIE SELBST IHREM HER-ZEN...

... EINEN RIEGEL VOR-SCHIEBT!

ICH WILL SEHEN, WAS MIT IHR GESCHEHEN IST.

UND SCHON GAR NICHT...

SO EIN-FACH GEHT DAS ABER NICHT.

DAS LASS ICH MIR VON DIR NICHT SAGEN.

VIELLEICHT HAT SIE DAS TOR ZU DEINEM GE-HEIMNIS...

... JA AUCH GANZ ALLEIN GEÖFFNET?

»DU BRAUCHST DICH NICHT ZU VERSTECKEN.«

IMMERHIN HAST DU SIE DOCH AUCH IN MICH GE-SCHLEUST!

WILLST DU MEIN BLUT WIRKLICH TRINKEN?

...

»ICH WERDE ALLES HINNEH- MEN, JA?«

ICH WEISS.

DAS WEISS ICH DOCH!

ZORN UND VERLUSTGE- FÜHLE DÄMPFEN ALLERDINGS DAS EMPFINDEN.

ABER WIE...

... SOLL ICH DIESE GEFÜHLE BESEITI- GEN?

DIR MACHT DAS GANZE NUR DANN SPASS, WENN STELLA UND ICH...

... MITEINANDER INVOLVIERT SIND.

ICH WEISS JA NICHT, WAS DIR ÜBER DIE LEBER GELAUFEN IST, ABER BERUHIG DICH MAL.

MHM...

WAS DENN?

SO WAS KINDISCHES TRAUST DU MIR ZU?

... DIE JETZIGE STELLA IN VOLLER BLÖSSE ZU BETRACHTEN?

GENÜGT ES NICHT...

ICH FINDE NICHT, DASS MAN IMMER...

... DIE GANZE VERGANGENHEIT ANS LICHT ZERREN MUSS, LEVI.

SELBSTVER-
STÄNDLICH.
SO IST ES
JA AUCH!

DU
TUST...

... ALS
WÜRDEST DU
SIE BESSER
VERSTEHEN
ALS ICH.

... HIER,
HINTERM
OHR, EINE
GANZ
EMPFINDLI-
CHE STELLE
HAT...

ZUPP

... DASS
STELLA...

WUSS-
TEST DU...

NG!

SCHWUPP

ZACK

WAS...

... WERDE ICH TUN, WENN ICH IHRE VERGANGENHEIT KENNE?

WAS, WENN ICH EINE MIR BISHER...

... UNBEKANNTE STELLA DORT FINDE?

ICH WERDE MICH BESTENS UM STELLA KÜMMERN.

NUR ZU. LASS DICH ZUM ÄUSSERSTEN REIZEN!

HM

ICH WILL ALLES AN IHR LIEBEN!

... UND SETZE MICH DAMIT ÜBER IHREN WILLEN HINWEG.

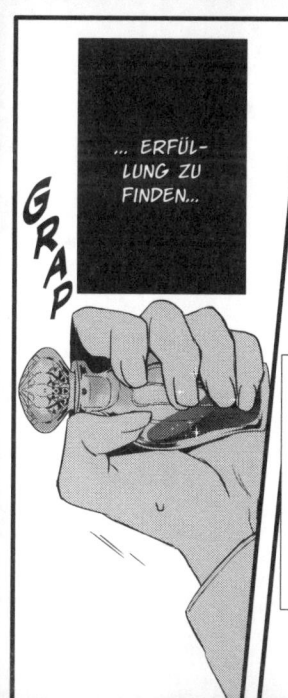

... ERFÜLLUNG ZU FINDEN...

GRAP

ALLES AN STELLA.

UND DOCH...

... VERSUCHE ICH HIERMIT MEINE EIGENE...

BERUHIGE
DICH!

ICH BRAUCH KEINE TRICKS!

ICH HAB DOCH DAS BROT GE-KAUFT!

... DAFÜR DASS ICH SIE SO TIEF VERLETZT HABE.

ICH WILL STELLA EINFACH NUR IN DIE ARME SCHLIESSEN!

ABER DAVOR MUSS ICH MICH ENT-SCHULDIGEN...

ABER WÄRE DAS NICHT, ALS WÜRDE ICH SIE DAMIT KÖDERN?

ICH WILL SEHEN, WIE SIE SICH DAMIT DIE BACKEN VOLLSTOPFT.

...

KLOPF
KLOPF
KLOPF

KLACK

LEVI...

VERZEIH
MIR BITTE,
DASS ICH
SO GEMEIN
WAR...

...

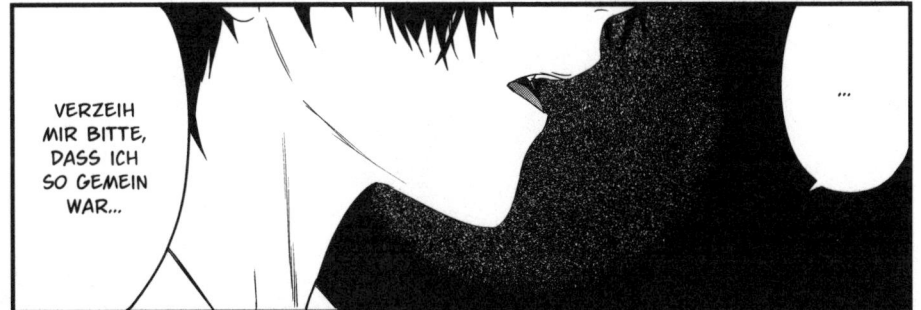

BDUM

... IST
GEWAL-
TIG...!

DER
UNTER-
SCHIED...

BDUM

BDUM

AN DEINEN
KÜSSEN
KÖNNTE ICH
STERBEN!

BDUM

Kapitel 12 - Ende

Kapitel
13

DU BIST HUNGRIG, WAS?

KNACK

SO HUNGRIG ...

...

DAS BLUT...

WOHER KAM ES NUR?

SO ETWAS WIE NASEN-BLUTEN?

Er macht sich ja wenig draus.

DANN WIRD DIESER KLEINE SCHATTEN...

... AUF MEINER BRUST HOFFENTLICH NUR EINBILDUNG SEIN.

WENN MAN ETWAS UNBEKANNTES AN EINEM GELIEBTEN MENSCHEN ENTDECKT...

... FÜHLT MAN SICH DOCH VERUNSICHERT.

FLATTER

HM? WAS HAST DU?

NICHTS...

BLINZ

DENK AN WAS SCHÖNES!

YOEL...?

BDUM

IST DIR AN YOEL SCHON MAL WAS SELTSAMES AUFGEFALLEN?

AN YOEL?

VERTRAU YOEL NICHT DEIN HERZ AN!

MH... WEISS NICHT.

ICH FIND IHN GANZ NORMAL. ER LEBT EHER SO IN DEN TAG HINEIN.

SAG, LEVI...

... DAS EINE MAL WAR ER DOCH ZIEMLICH HART GETROFFEN.

VERSTEHE...

ACH...

... ABER...

SCHON RECHT LANGE HER.

...

WANN WAR DAS?

NICHT NUR EINS...

... SONDERN ZIEMLICH VIELE.

YOEL HATTE DAMALS VÖGELCHEN ALS HAUSTIERE.

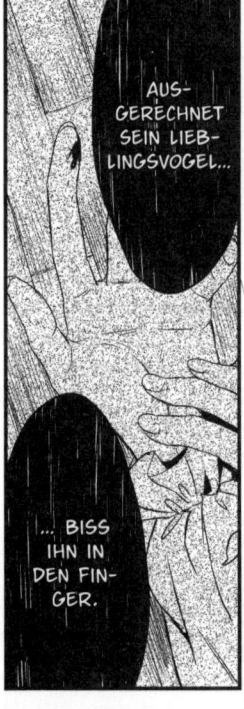

AUSGERECHNET SEIN LIEBLINGSVOGEL...

... BISS IHN IN DEN FINGER.

ZACK!

...

SCHRECK

WANN IMMER ER EINS SAH...

... FING ER ES UND SPERRTE ES IN EINEN SEINER KÄFIGE.

ER ZOG SICH ZURÜCK UND KÜMMERTE SICH NUR NOCH UM SIE, BIS...

MH... SO STIMMT ES NOCH NICHT GANZ.

EHER SO...

♪

♪

HEHE-HE...

JA, DAS IST GUT.

SCHRECK

WER FRISST DENN SO WAS?

...

... ICH DACHTE, DU HAST BESTIMMT NOCH NICHTS GEGESSEN.

ABER...

HAST DU ETWA NACH MIR GESUCHT?

DESHALB LASS MICH DICH DAMIT FÜTTERN UND HAU NICHT WIEDER AB.

GIL-BERT...!

WIR SIND KEINE MENSCHEN!

DEINE RÜCKSICHT-NAHME BRINGT DICH NOCH UM.

...

HAST DU EINE AHNUNG, IN WELCHER LAGE DU DICH BE-FINDEST?

KEINE SORGE, DAS WAR NUR EIN SCHERZ!

WARUM HAST DU DANN ANGST VOR MIR?

...

W...WEIL ICH DICH NOCH NICHT SO GUT KENNE.

TROTZDEM KÖNNEN WIR...

...EINANDER DOCH VERSTEHEN...

WHUP

BDUM BDUM BDUM

ABER ICH WILL DICH KENNENLERNEN.

!

ICH DACHTE IMMER, DU HAST WAS GEGEN MICH.

DESHALB WAR ICH NEULICH NACHTS SO ERSTAUNT...

MMPH

WIE NIEDLICH...

Hm? MICH KENNENLERNEN?

...
PIEK
NG...!
WOHER HAT ER EIN SILBERMESSER...?
HEY! HÖRST DU MIR NICHT ZU?
REDE!

STELLA HAT MEINE HAND GENOMMEN...!

SIE HÄLT MEINE HAND!!

BEIM NÄCHSTEN MAL WERDE ICH DICH BE-SCHÜTZEN.

HAH

HAH

TRAPP

TRAPP

TRAPP

TRAPP

TRAPP

TRAPP

ICH WILL GROSS WERDEN!

ICH WER-DE LEVIS HERZ ES-SEN...

... UND GANZ BALD GRÖSSER SEIN!

Kapitel 13 – Ende

Kapitel
14

ENDLICH
SCHÖNES
WETTER!

SCHRECK

ZACK

!

DA,
STELLA!

ICH MÖCH-TE DIESEN TAG GE-NIESSEN.

WARUM? FRAGT NICHT...

... SONST MACHT IHR DEN GANZEN FRIEDEN KAPUTT.

ALSO, BITTE FRAGT NICHT!

JA, WIRK-LICH...

ICH HAB SAND-WICHES DABEI.

WOW, DIE SEHEN JA TOLL AUS!

KNABBER KNABBER

SCHWUPP

I...ICH LASS SIE MIR SCHMECKEN!

...

...

ICH NEHM AUCH 'NEN BISSEN!

TRINK EINEN SCHLUCK WASSER!

GEHT SCHON WIEDER...

HA-HA-HA!

HUST HUST

HUST HUST

YOEL! ALLES IN ORDNUNG?

LEVI, LACH NICHT! KLOPF IHM AUF DEN RÜCKEN!

DAS KON-VERSATI-ONSZIMMER, DAS WIR NIE BENUTZT HATTEN...

DAS GE-SCHIRR, DAS SONST NUR VERSTAUBT IST...

SEIT STELLA BEI UNS IST, HABEN WIR UNS GANZ SCHÖN VER-ÄNDERT.

END-LICH...

... IST ALLES »NORMAL«!

ALLES IST JETZT MIT SONNE DURCH-FLUTET.

NIEMALS HÄTTE ICH GEDACHT, DASS SOLCHE TAGE KOMMEN WÜRDEN.

STELLA!

TRAB

TRAB

REIB REIB

DRÜCK

KÜSS ...

DAS HAT HEU-TE SPASS GEMACHT!

LEVI...?

HEUTE...

... IST DER WUNSCH IN MIR GRÖSSER GEWORDEN DICH GANZ FÜR MICH ZU HABEN.

GANZ...

... FÜR DICH...?

OB ES AUSSCHWEIFEND WÄRE...

... NOCH MEHR ZU VERLANGEN?

BITTE...

ICH WILL DICH JETZT...!

... GIB MIR DEN NACHTISCH...!

... DASS ICH DRIN ERTRIN-KEN KANN!

ICH WILL SO VIEL VON DEI-NER LIEBE...

IN LEVIS GEGEN-WART...

... KANN ICH GANZ ICH SELBST SEIN.

BIS SPÄTER, JA?

ICH HAB NOCH ETWAS ZU TUN.

WHAP

...

SO WIE IN JENER NACHT...

SAG MIR IN DEINEN WOR- TEN...

... WIE SEHR DU MICH WILLST.

WAS REDEST DU DA?

IST DIE BEGIERDE DENN ETWAS SCHLECHTES?

ERKENNE DEIN EIGE- NES ICH!

... DIESES JOCH NUR AUFER- LEGT?

WER HAT DIR ...

WARUM UNTER- DRÜCKST DU SIE? WARUM HÖRST DU NICHT AUF DEINEN KÖRPER?

BDUM

WAS!!

DU WILLST ES SO SEHR...!

... FÜR EIN GESICHT MACHE ICH...?

ZEIG MIR DEINE LUST, STELLA.

KÜSS

...LUST?!

ICH...

MEINE...

TUT MIR LEID, STELLA. DU WEISST, WAS ICH FÜR DICH EMPFINDE.

... WIRD DEINE SCHWES- TER...

... IHN HEIRATEN, EINVER- STANDEN?

ABER SICHER WIRST DU ES VERSTEHEN, NICHT?

JA...

KAZINGG

ICH BIN DOCH EIN BRAVES MÄD- CHEN.

ICH VER- STEHE SCHON.

JA...

SO IST ES...

ER IST SO GERADEHE-RAUS, SO LIEBEVOLL...

BEI IHM SPÜRE ICH DIESE HÄSSLI-CHEN DINGE NICHT.

ER LÖST NUR SCHÖ-NE GEFÜH-LE IN MIR AUS!

DABEI KANN ER DOCH EIGENT-LICH GAR KEIN SAND-WICH ESSEN.

DU HAST WOHL NICHT NACH IHM GESUCHT?

DABEI IST DAS ANWE-SEN GAR NICHT SO GROSS.

ICH GLAUBE, DU WEISST GENAU, WO ER STECKT.

NEIN.

ER HAT WOHL NOCH WAS ZU TUN...

ABER ER SAG-TE NICHT, WO.

MH

ES IST DIR VERBO-TEN, DEN KELLER ZU BETRETEN.

SO LEID ES MIR TUT...

... ER VER-TRAUT DIR WOHL DOCH NICHT.

DAS IST GELOGEN, ODER?

Kapitel 14 – Ende

Kapitel
15

RICH-
TIG.

SEIT ICH HIER BIN, HABE ICH KEINE FREM-DE STIMME GEHÖRT!

ES IST WAHR.

UND DER KELLERRAUM IST DOCH VON AUSSEN ABGESCHLOS-SEN!

...

ABER ICH...

WENN ES WAHR IST, WAS DU SAGST...

... DANN HÄLTST DU SIE DORT GEFAN-GEN...?!

DAS TUE ICH NICHT.

ES IST ANDERS.

SIE...

SIE IST...

... NICHT MEHR AM LEBEN.

WAS SAGT ER?!

FIEDRICH HAT BE-HAUPTET, DU WÄRST BEI IHR...

... UND ICH HABE ANGEFAN-GEN, AN DIR ZU ZWEIFELN!

TUT MIR LEID, ICH...

ER WEISS ES NICHT.

NUR ICH WEISS, DASS SIE IH-REN LETZTEN ATEMZUG GETAN HAT.

DAS... IST DOCH KLAR.

WER IST SIE...?

BIN ICH MIR DENN SO SICHER...

...

... DANN WIEDER AUF DIE BEINE ZU KOMMEN?

SCHLUCK

WENN ICH LEVI VERLIE-REN WÜRDE...

EIN ENDE...?

ICH WEISS ES NICHT.

WENN SIE IHNEN SO WICHTIG IST WIE LEVI MIR...

BITTE... VERLASS MICH NIE!

ICH KANN IHNEN NICHT DEN LEBENSSINN NEHMEN!

... DANN KANN ICH ES IHNEN NICHT SAGEN.

ICH HAB SCHLIESS-LICH...

... EINEN NEUEN LEBENSSINN GEFUNDEN!

AUCH WENN ICH DICH EINES TAGES PFLEGEN MUSS, VER-LASS ICH DICH NICHT.

ICH VERLAS-SE DICH NICHT.

ICH LEBE WEITER, UM DICH GLÜCK-LICH ZU MACHEN!

WAS HABT IHR DA GEMACHT?

KLACK

KLACK

VERZEIH, YOEL.

ABER ICH KANN DIR NICHT AUF DIE WEISE NAHE SEIN, DIE DU ES DIR WÜNSCHST.

WIR KÖNNEN GERN FREUNDE SEIN WIE BISHER...

WARUM KANNST DU NICHT?

SCHRECK

DU LIEBST MICH DOCH, NICHT WAHR?

WAS IST AN LEVI SO BESONDERS?!

WAS IST DENN FALSCH AN MIR?

KEINEN SCHRITT WEITER!

SAG...

TAPP

NICHTS AN DIR IST FALSCH, YOEL.

... BIN...

ABER ICH...

...

... IN LEVI VERLIEBT.

...

JETZT WEISS ICH!

ICH...

AH...

VERSTEHE. SO EINE GESCHICHTE IST DAS ALSO!

... MUSS... WERDEN...

GE-SCHICH-TE?

YOEL SCHEINT SICH...

... DA IN WAS REINZUSTEIGERN.

ICH BIN FROH, DASS DEINE VERLETZUNG NICHT SCHLIMM WAR!

Starr mich nicht so an!

HAH

MACH DIR KEINE GEDANKEN UM MICH...

WAS IST MIT DIR? IST ALLES GUT GEGANGEN?

WAS IST ZWISCHEN EUCH VORGEFALLEN?

MÄRCHEN...?

SO ETWAS ÄHNLICHES HAT ER HEUTE AUCH GESAGT...

ALS ER GEMERKT HAT, DASS ICH BEI KLAREM VERSTAND BIN, WOLLTE ER MICH ABSTECHEN.

»FÜR EIN MÄRCHEN, IN DEM EINE PRINZESSIN IM KÄFIG BESCHÜTZT WIRD, BRAUCHT ES EIN UNGEHEUER!«...

... MEINTE ER.

ICH ERIN-
NERE MICH
NICHT AN
VIEL...

... ABER
VIELLEICHT
HATTE DAS
JA ETWAS
MIT SEINEM
»MÄRCHEN«
ZU TUN?

DESHALB
WAR ICH
EIN EINZI-
GES MAL
IN SEINEM
ZIMMER.

ER WOLLTE,
DASS ICH
IHM EINEN
VOGELKÄFIG
BAUE.

MIR IST
VON FRÜ-
HER ETWAS
EINGEFAL-
LEN...

SO
WAR DAS
ALSO...

DANN GIBT
ES ALSO EIN
GEHEIMNIS
IN YOELS
ZIMMER?

REIN...?

REIN...

*War
immerhin
Putz-
wasser!*

ICH SUCHE
DIR WAS
TROCKENES
ZUM ANZIE-
HEN RAUS.

KOMM
MIT
REIN!

SCHAUDER

I...

ICH
WILL
NICHT!

ICH WILL
NICHT
REIN!

WAS?

ER HAT
MIR EINEN
»KOPF«
ZU ESSEN
GEGEBEN!

GRAAP

WARUM?
DAS IST
DOCH DEIN
ZUHAUSE?

WPOMM

KOMM...

HILFE...

ZU HILFE!

DUNKEL...

KALT...

IRGEND-
JEMAND
MUSS
DOCH...

... MEINE
STIMME
HÖREN...?

AH...

GYUP

... HIER,
NICHT
WAHR?

JA... DU
WARST...

DRÜCK

ALLES IST GUT... ALLES IST GUT!

DU BRAUCHST KEINE ANGST MEHR ZU HABEN!

ALLE DIESE JUNGEN FRAUEN SEHEN AUCH JETZT NOCH...

... AUF DEM GRUND IHRER SÄRGE, NIE ENDEN WOLLENDE TRÄUME.

LEVI UND DIE ANDEREN HABEN IHRE LEBEN AN SICH GENOMMEN...

... UND MÜSSEN SIE ZU EINEM GLÜCKLICHEN ENDE BRINGEN.

NUR SO KÖNNEN SIE DAFÜR SORGEN, DASS IN DEN SÄRGEN...

... FRIEDEN EINKEHRT.

BDUM
BDUM
BDUM
BDUM
BDUM

148

HAH

SIE NIMMT ETWAS AUS SEINER BRUST...

SEIN HERZ?

ICH MUSS... WER-DEN...

WARUM WILL SIE...

... SEIN HERZ ESSEN?

DAS SIEHT JA AUS...

DAS IST LEVI.

DAS WAR ES, WAS ER SAGTE...!

ICH MUSS ZU LEVI WER-DEN...!

DAS IST DOCH NICHT MÖG-LICH...!

DAS GEHT DOCH NICHT...!

YOEL KÖNNTE NIE...

BDUM

BDUM

BDUM

HAT ER VOR...

... LEVIS HERZ ZU ESSEN?

WÄR ER DAZU IN DER LAGE?!

TOPP TOPP TOPP

ODER ETWA DOCH?!

MMMM

SCHON WIEDER ...

MH...

DRP

DRP

KNARZ

DAS PASSIERT IMMER HÄUFIGER.

?

BRINGST DU MIR WAS ZU TRINKEN?

STELL ES AUF DEN TISCH.

TAPP

WHAP

STELLA?

Kapitel 15 - Ende

Guten Tag, ich bin Ishizue!
Vielen Dank, dass Ihr auch
Band 3 von »Rosen Blood«
gekauft und mich nicht
vergessen habt! Ich freue
mich, wenn er Euch gefällt!

Kachiru Ishizue

Vielen Dank
für die Hilfe:
Machao-sama,
Machida-sama,
Takahashi-sama

Rosen Blood 3: Ein unmoralisches Haus - Ende

Ein teuflisch guter Butler...

Black Butler

»Als Butler der Phantomhives sollte ich so etwas schon beherrschen!« So lautet das Motto von Sebastian, dem Butler der alteingesessenen englischen Adelsfamilie Phantomhive. Ob es nun um Wissen geht oder um Würde, um Tanzunterricht, Kochen oder Kampfkünste... in allem ist er perfekt! Und in Gegenwart seines gerade mal 12-jährigen Herrn flattern seine Frackschöße beflissen hin und her. Mit »Black Butler« präsentieren wir Euch einen Manga, der zu schwarzem Tee passt wie kein Zweiter auf der Welt...

KUROSHITSUJI © 2007 YANA TOBOSO / SQUARE ENIX

Black Butler
von Yana Toboso

DIE LANGERSEHNTE NEUAUFLAGE!

Das Waisenmädchen Toru Honda schlägt sich tapfer allein durch. Sie campiert heimlich in einem Zelt im Garten ihres letzten lebenden Verwandten. Yuki und den Soma-Clan umgibt ein großes Geheimnis: Die Mitglieder der Familie verwandeln sich, sobald sie von einer Person des anderen Geschlechts umarmt werden, in Tiere aus dem chinesischen Horoskop...

**SCHÖNE DOPPELBÄNDE
MIT FARBSEITEN-GALERIE
& PERLMUTT-COVER**

Carlsen Verlag GmbH | Völckersstraße 14 – 20 | 22765 Hamburg

FRUITS BASKET COLLECTOR'S EDITION ©Natsuki Takaya 2015/HAKUSENSHA, INC., Tokyo

 www.carlsenmanga.de carlsen_manga ⬤ carlsenmanga

HALT!

ROSEN BLOOD ist ein japanischer Comic.

Weil wir bei Carlsen Manga so original-
getreu wie möglich übernehmen, erscheint auch
ROSEN BLOOD auf Deutsch in der ursprünglichen
Leserichtung. Man muss diesen Comic also »hinten«
aufschlagen und Seite für Seite nach »vorn« weiter-
blättern. Auch die Bilder auf jeder Seite und die
Sprechblasen innerhalb der Bilder werden von
rechts oben nach links unten gelesen.
Das ist gar nicht so schwer!

Viel Spaß mit ROSEN BLOOD !

Carlsen Manga!
News – jeden Monat neu per E-Mail!
www.carlsenmanga.de
www.carlsen.de

**Unser Versprechen für
mehr Nachhaltigkeit**
• Klimaneutrales Produkt
• Papiere aus nachhaltigen
  und kontrollierten Quellen
• Hergestellt in Deutschland

FSC
www.fsc.org
MIX
Papier aus ver-
antwortungsvollen
Quellen
FSC® C014496

CARLSEN MANGA
© Carlsen Verlag GmbH • Hamburg 2022
Aus dem Japanischen von Alexandra Klepper • Rosen Blood Haitoku no Meikan Volume 3 •
© KACHIRU ISHIZUE 2020 • Originally published in Japan in 2020 by Akita Publishing Co.,Ltd.. •
German translation rights arranged with Akita Publishing Co.,Ltd. through TOHAN CORPORATION,
Tokyo • Textbearbeitung: Ina Schiele • Redaktion: Britta Hellwig • Herstellung: Björn Liebchen •
Alle deutschen Rechte vorbehalten • ISBN: 978-3-551-75529-2

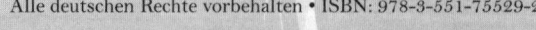